AF619609

Chintreuil. Henri Regnault. Troyon. Corot. 1874 (Mars-23)

COLLECTION

STANISLAS BARON

TABLEAUX

CATALOGUE

DE

TABLEAUX

COMPOSANT LA COLLECTION

STANISLAS BARON

DONT LA VENTE AURA LIEU

HOTEL DROUOT, SALLE N° 8

Le Lundi 23 Mars 1874

A deux heures et demie.

EXPOSITIONS :

PARTICULIÈRE	PUBLIQUE
Le Samedi 21 Mars 1874	*Le Dimanche 22 Mars 1874*

De une heure à cinq heures.

Commissaire-Priseur,	*Expert,*
Me CHARLES PILLET,	M. FÉRAL, PEINTRE,
10, rue de la Grange-Batelière.	23, rue de Buffault.

CONDITIONS DE LA VENTE

Elle sera faite au comptant.

Les adjudicataires payeront CINQ POUR CENT en sus des enchères.

Paris. — Typ. Pillet fils aîné, 5, rue des Grands-Augustins.

Parmi les cinquante toiles dont se compose la collection de M. Stanislas Baron, si la majorité s'adresse à des amateurs modestes, à ceux qui choisissent une œuvre pour sa valeur artistique encore plus que pour le nom dont elle est signée; quelques œuvres cependant sont dues à des artistes célèbres et dont quelques-uns jouissent même d'un véritable prestige.

Henri Regnault, *C. Troyon*, *Daubigny*, *Diaz*, *Corot*, suffiraient à eux seuls à attirer l'attention des amateurs; mais le public qui s'intéresse au mouvement des ventes et qui aime à s'y instruire s'arrêtera sans doute, dans cette exposition, devant d'autres noms beaucoup moins consacrés, et qui, chez nos voisins, jouissent d'une réputation honorable et légitime.

Un sentiment plein de mélancolie et tout à fait irrésistible porte à écrire le nom de Regnault avant tous les autres, car il est tombé dans sa fleur, il est mort pour sa patrie à l'âge où on ne croit encore qu'à la vie.

L'*Intérieur de harem* qu'il a peint à Tanger est resté inachevé, et sur la toile à peine frottée dans ses premiers plans, on surprend les procédés du jeune artiste. Tout est éclat et lumière dans cette scène orientale, ébauchée de verve. Le subtil tissu qui ferme l'entrée du harem laisse voir, dans la pénombre, les divans et les sourds tapis du Maroc sur lesquels sont accroupies les femmes aux yeux bordés de khol, parées comme des idoles et en proie au spleen lumineux de l'Orient. Tandis qu'au dernier plan l'air est lourd et l'ombre est discrète, aux premiers, sous le patio aux murs blanchis et coupés par les boiseries bariolées qui ferment le harem, les esclaves kabyles aux jambes nerveuses, aux formes souples, debout dans leurs grandes gandourah transparentes, ou couchés à plat ventre sur les nattes et les azulejos, portent de grandes ombres bleuâtres sur le sol.

C'est là certainement une magistrale ébauche, la palette est tombée des mains, la mort a pris le jeune peintre plein de vie et de force, la tête remplie d'évocations splendides, le cœur débordant d'aspirations et les yeux enivrés de lumière.

La *Grotte du Finistère* est une étude faite sur nature, qui est devenue un tableau bien complet. L'exposition de son œuvre a prouvé que Regnault aimait à suivre, le crayon et le pinceau à la main, ces stratifications bizarres, ces grands mouvements de terrains remués par les cataclysmes. Ces caprices des tourmentes diluviennes et les effets bizarres des couches géologiques l'attiraient; il a pénétré dans la grotte et s'est assis, studieux, à l'ombre humide de la voûte; puis il a peint, avec la verve et l'aplomb qui caractérisaient son rapide pinceau. L'étude est devenue un tableau, avec une tache au centre, formée par les eaux blanches qui jaillissent de l'antre noir.

Les *Chevaux à l'abreuvoir*, de Troyon, mériteraient un titre moins banal, car ce titre est l'épisode, tandis que le tableau offre un vaste paysage dans sa dimension restreinte. L'artiste s'est placé sur la berge de la Seine, au-dessous du pont de Sèvres et en face de l'île de Billancourt; de là il embrasse tout un vaste horizon. Au premier plan, de grands peupliers et la berge très-large baignée par l'eau peu profonde et dont les chevaux, en s'avançant, viennent rider la surface. Au fond, le mont Valérien découpe la ligne de sa forteresse sur un ciel large et menaçant; entre le mont et le fleuve, suivant la berge qui fuit vers Suresnes et Neuilly, des taches blanches, groupées, indiquent le pont de Sèvres et Saint-Cloud au-dessus, avec la ligne des villas, des quais de la Seine. Des collines basses ferment l'extrême horizon, et à droite s'étend l'autre rive formée par l'île de Billancourt où, sous les arbres, les fermes aux toits rouges éclatent dans la verdure. Juste au centre du tableau, dans l'eau qui les reflète, les chevaux robustes, hardiment groupés, savamment opposés comme tons, grassement peints, dessinés juste, font l'épisode principal et se marient bien avec les lignes du paysage.

Corot est représenté par deux œuvres : l'une du genre mélancolique, conçue dans sa gamme habituelle avec une silhouette d'arbre aux branches dépouillées, une figure de pêcheur qui se penche dans un bateau appuyé à la berge, et des eaux grises, mystérieuses, piquées au premier plan de quelques roseaux. L'autre toile, *les Bords de la Mi-Douze*, est plus importante ; on sent que l'artiste s'est assis devant la nature et l'a rendue dans sa simplicité tout en l'interprétant en poëte.

Des deux *Diaz*, l'un est une figure idyllique, *Regrets et douleur*, une femme à demi nue et les mains jointes, pleurant près d'un tombeau couvert de fleurs ; l'autre est un joli paysage que l'artiste avait donné à Théodore Rousseau.

Daubigny a peint son sujet de prédilection, *le Bord de l'Oise* ; c'est une œuvre du temps où l'artiste, parcourant le cours du fleuve sur son bateau, *le Botin*, s'arrêtait au gré de sa fantaisie pour peindre la nature sur le vif.

Chintreuil, qui n'a pas toujours réalisé ce qu'il rêvait, arrêtera sans doute les connaisseurs. Cet artiste timide et d'une exécution sommaire, dans une *Campagne au matin*, a donné une charmante note que les artistes regarderont certainement comme au-dessus de ses forces.

Puis viennent *Bonvin*, avec une réduction de son tableau connu, *l'École des filles; Isabey* (le père), avec une bonne miniature de *l'Amiral Ross; Appian*, puis *Fontallard* (Camille), bien oublié de nos jours, mais qui avait sa note à lui, à côté de son frère Gérard, dont les curieux recherchent aujourd'hui les caricatures.

Après ces noms français, connus et plus ou moins appréciés, viennent les étrangers contemporains. — Une série de cinq toiles de *Ferrandiz*, le peintre de Valence, directeur actuel de l'École de Malaga, dont on se rappelle la grande toile intéressante, *le Conseil des Eaux de la province de Valence*, qui obtint un succès au Salon. *W. Verschuur*, très-coté dans son pays et dont les *Chevaux à l'écurie*, qui font penser à Karel Dujardin, méritent l'attention des visiteurs. *Benedicter*, inconnu ici, très-jeune d'ailleurs, mais qui, dans une nature morte, prouve une science du relief et une préoccupation de l'épiderme qui doivent le conduire au succès dans le genre qu'il a choisi. *Schenck*, *Ten Kate*, *Stroebel*, *Verheyen*, *Verveer*, *Coomans*, *Coroënne*, *Leickert*, *Van den Haeghen*, *Phlippeau*, qui tous ont leur clientèle spéciale et sont estimés en Belgique, en Hollande et en Angleterre.

Indiquons aussi, pour finir, un Deker assez beau, deux bonnes petites esquisses de Desportes et un tableau intitulé, *l'Aurore*, auquel on n'a pas voulu donner d'attribution précise, mais qui, exécuté par quelque Français qui se préoccupait de Lesueur, charmera par de véritables qualités et une certaine grâce d'exécution. On devra remarquer les petites fleurs qui couronnent les Heures et celles qu'elles répandent. Si on cherchait avec opiniâtreté, c'est peut-être dans la touche de ces fleurs qu'est la signature de l'artiste.

La toile n° 46, *Nuit obscure*, donnée aussi à un inconnu, peut attirer l'attention des connaisseurs. Quel est le Hollandais anonyme qui a pu, vers 1642, brosser cette jolie petite composition qui fait penser à quelque disciple de Rembrandt? L'effet des figures dans la lumière est d'une rare justesse et d'une jolie touche. Le clair de lune et les reflets vagues dans l'eau tranquille sont aussi d'un artiste digne de ce nom.

TABLEAUX MODERNES

TABLEAUX MODERNES

APPIAN

1 — Paysage.

Des rochers recouverts de mousse limoneuse, sur les bords d'un étang. Les arbres d'alentour se reflètent dans l'eau tranquille. On aperçoit à droite un pêcheur à la ligne.

Toile. Haut., 27 cent.; larg., 36 cent.

BENEDICTER

(J.)

2 — Le Déjeuner de l'étudiant.

Sur une table, sont posés un verre de faro, des radis, du pain, une salière et un couteau à côté d'un journal plié.

Toile. Haut., 32 cent. larg., 42 cent.

BONVIN

3 — **École d'enfants.**

Une religieuse fait réciter sa leçon à une jeune fille debout.

Tout autour de la salle, plusieurs enfants, assis, étudient ou causent ensemble.

Bois. Haut., 13 cent.; larg., 17 cent.

CAVARO

(RICHARD)

6 60.

4 — Le Quart d'heure de Rabelais.

Deux cavaliers et une dame sont rangés autour d'une table. C'est la fin du repas. Un des convives s'apprête à sortir, le maître d'hôtel vient d'apporter la note à payer que l'amphitryon examine d'un air décontenancé, il aligne la dernière pièce d'or qu'il a sortie de son escarcelle. Le maître d'hôtel, debout et inquiet, regarde l'amphitryon embarrassé, les deux invités continuent à s'entretenir.

A fait partie de la collection W. H. de Heus, d'Utrecht.

Bois. Haut., 45 cent.; larg., 57 cent.

CHINTREUIL

5 — **Paysage. — La Campagne le matin.**

Au premier plan, à droite et à gauche, de grands arbres élancés; au centre, deux jeunes filles, assises sur l'herbe, au soleil, causent ensemble; non loin d'elles, un enfant debout s'apprête à boire. Dans le lointain, l'on aperçoit de vagues ondulations formées par les champs et les petits bois parsemés de maisons, qui coupent l'horizon sur un ciel très-lumineux.

A figuré à l'Exposition universelle de Paris, en 1855

Ce tableau est considéré comme l'un des meilleurs de cet artiste.

Toile. Haut., 1 m. 30 cent.; larg., 80 cent.

COOMANS

(JOSEPH)

6 — **L'Attente.**

Une femme assise, elle a les bras et les jambes nus. Le corps est recouvert d'une gaze rose.

Bois. Haut., 22 cent.; larg., 17 cent.

COROËNNE

7 — **Seigneur.** (XVIIe siècle.)

Un jeune seigneur, richement vêtu, se promène dans une galerie; en passant, il examine une statue de marbre.

Bois. Haut., 32 cent.; larg., 23 cent.

COROT

(C.)

8 — **Bords de la Mi-Douze. (Souvenir de Mont-de-Marsan.)**

Au premier plan, à droite, deux femmes lavent de la laine au bord de la rivière. A gauche, un pêcheur dans une barque.

De vieux magasins dans l'ombre forment le second plan du côté gauche, tandis qu'à droite, l'on aperçoit les grands arbres qui bordent la Mi-Douze, ainsi qu'une maison de campagne bâtie sur un mamelon. Au centre, de nombreuses maisons du faubourg qui conduit à la route de Bayonne.

Toile. Haut., 40 cent.; larg., 60 cent.

COROT

(C.)

Lecoq 9 — **Paysage.**

A gauche, une rivière contourne une forêt dont on aperçoit les reflets dans l'eau profonde. Sur le devant, un homme dans une barque. A droite, de grands arbres sur un terrain parsemé de broussailles et de pierres.

Toile. Haut., 40 cent.; larg., 60 cent.

DAUBIGNY

10 — **Bords de l'Oise.**

Une berge avec un arbre au premier plan ; une laveuse accroupie. Ligne d'horizon basse.

Bois. Haut., 23 cent.; larg., 33 cent.

DIAZ

(N.)

11 — **Regrets et douleur.**

Une jeune femme assise, les cheveux en désordre, le corps à demi nu et les mains jointes, pleure auprès d'une tombe recouverte de fleurs.

Toile. Haut., 27 cent.; larg., 21 cent.

DIAZ

12 — Paysage.

Effet d'automne.

Donné à Th. Rousseau par l'auteur.

Haut., 25 cent.; larg., 37 cent.

ELVEN

(VAN)

13 — **Intérieur d'église.**

Au centre, un artiste, entouré de deux seigneurs et d'enfants, est occupé à peindre, et regarde une lampe suspendue à la voûte de l'église.

Sur les côtés, des bancs fixes avec prie-dieu, et à droite, une chaire.

Dans le fond, deux visiteurs se dirigent vers le chœur, où se célèbre une cérémonie funèbre.

A fait partie de la collection Van Peene de Leyden.

Bois. Haut., 55 cent.; larg., 44 cent.

FERRANDIZ

(B.)

14 — Un mariage.

Les jeunes époux descendent un escalier qui conduit à un *patio* ; des invités les suivent, et d'autres les attendent au bas de l'escalier.

A droite, le notaire félicite les grands parents ; au centre, deux hommes rient aux éclats en regardant la marraine qui répond à leur gaieté ; à côté d'elle, sa fille s'apprête à offrir un bouquet à la mariée.

A gauche, la grand'mère, assise sur un banc de bois, semble impatiente d'embrasser ses enfants. Sur le devant, un intrus, debout, regarde cette joyeuse réunion ; son chien craintif se presse contre ses jambes.

La scène se passe dans une petite ville de la province de Valence, et les personnages portent le costume national brillant et pittoresque.

Toile. Haut., 42 cent. ; larg., 70 cent.

FERRANDIZ

(B.)

15 — **Vente d'esclaves.**

Sous les arcs d'une cour intérieure, un marchand d'esclaves tient, par le bras et la hanche, une jeune négresse nue, qu'un vieil Arabe examine avec soin, la forçant à ouvrir la bouche. Sur la gauche, deux nègres robustes sont assis sur une natte; ils ont les mains liées à un bâton, et regardent la scène qui se passe devant eux. A droite, dans la pénombre, un enfant joue de la mandoline.

Toile. Haut., 60 cent.; larg., 40 cent.

FERRANDIZ

(B.)

16 – **Le Carretero.**

Le Botero.

Deux types d'Espagnols formant pendants.

Bois. Haut., 21 cent.; larg., 13 cent.

FERRANDIZ

(B.)

17 — **Jeune femme de Castellon (Espagne).**

Elle vient de remplir une *cantara* qu'elle porte sur la hanche droite, suivant la coutume du pays. En se retirant, elle jette un dernier regard à la Madone qui se trouve au-dessus de la fontaine.

A figuré à l'exposition des Beaux-Arts de Paris, en 1873.

Toile. Haut., 30 cent.; larg., 29 cent.

FERRANDIZ

(B.)

18 — **La Fille du pêcheur (Valence.)**

Une jolie fille, a bras et pieds nus, tient un lourd panier rempli de poissons qu'elle s'apprête à aller vendre dans les rues. De sa main gauche elle prend des balances qui sont posées sur une table.

Bois. Haut., 39 cent.; larg., 29 cent.

FONTALLARD

19 — **Bacchus vainqueur de Cupidon.**

Dans une atmosphère embrasée, Cupidon, au milieu de trois Bacchantes, s'efforce de les soustraire à la puissance de Bacchus; mais l'une des femmes est déjà ivre, les deux autres s'apprêtent à boire encore et restent insensibles à la voix de l'Amour. A droite, Bacchus sourit malicieusement des efforts que fait son rival pour lui ravir la victoire.

Toile. Haut., 42 cent.; larg., 63 cent.

GESSA

20 — **Intérieur d'auberge.**

Un cavalier, assis à table, cause avec la servante de l'auberge.

Bois. Haut., 39 cent.; larg., 24 cent.

HAAS

(DE)

21 — **Veaux à la prairie.**

Des veaux sont groupés devant un barrage en planches rustiques.

Toile. Haut., 28 cent.; larg., 37 cent.

HAEGHEN

(J. F. VAN DER)

22 — **Choc de cavalerie.**

C'est une brillante et furieuse mêlée; cavaliers à cuirasses et à pourpoints qui rappellent la bataille des *Éperons d'or* de Keyser.

A fait partie de la collection W. H. de Heus d'Utrecht.

Bois. Haut. 66 cent.; larg., 92 cent.

LEICKERT

(CHARLES)

23 -- **Effet d'hiver.**

Au bord d'une rivière glacée, une maison, dont la toiture est couverte de neige; tout à côté, une barque et des patineurs.

Bois. Haut., 15 cent.; larg., 20 cent.

PHILIPPEAU

24 — Types de la campagne de Rome.

Au premier plan, à droite, une femme est occupée à filer; sur la gauche, une autre femme, portant un panier rond sur la tête, se dirige vers l'habitation.

Au second plan, un homme, assis sur un banc, à l'ombre des arbres du jardin, cause avec une jeune fille qui est sur le haut de l'escalier de pierre.

Bois. Haut., 34 cent.; larg., 44 cent.

REGNAULT

(HENRI)

25 — **Intérieur d'un harem marocain.**

MM. Cazalis et Duparc ont déjà décrit, dans leurs livres sur Henri Regnault, cette page brillante, mais malheureusement inachevée, et qui cependant donne une idée juste de la puissance de ce jeune artiste qui cherchait la lumière de l'Orient. Cette toile a figuré à l'Exposition de l'Œuvre de Henri Regnault, faite à l'École des Beaux-Arts. On y suit avec intérêt les procédés d'exécution de ce peintre tant regretté. Tous les amateurs de peinture ont vu cette toile à l'Exposition du palais des Beaux-Arts ; on s'imaginait surprendre l'artiste dans son atelier, le pinceau à la main !... C'est la dernière œuvre à laquelle Regnault ait travaillé en quittant Tanger.

Toile. Haut., 180 cent ; larg., 140 cent.

REGNAULT

(HENRI)

26 — Caverne sur les côtes du Finistère. (Marée montante.)

Cette toile a été exécutée sur nature, l'effet est puissant et large; au centre, sous les parois de la voûte sombre, l'eau qui jaillit en écumant fait une tache lumineuse.

Toile. Haut., 59 cent.; larg., 81 cent.

SCHENCK

27 — **Chevreuils.**

Plusieurs chevreuils, sur une colline couverte de neige, sont effrayés par un vol de cigognes qui passe devant eux.

Bois. Haut., 39 cent.; larg., 80 cent.

SCHENCK

28 — Moutons.

Sur un terrain agreste, une grande variété de moutons, de brebis et d'agneaux reposent, tandis que deux chiens les surveillent en l'absence du berger.

Bois. Haut., 39 cent.; larg., 80 cent.

STROEBEL

(J.)

29 — **Intérieur hollandais.** (XVIIe siècle.)

Un bourgeois, accompagné de son chien, s'apprête à sortir, tandis que la jeune mère joue avec son enfant; celui-ci tend les bras pour atteindre des cerises qu'une servante lui offre. Le jour, qui rentre par un arceau et une croisée, vient battre sur les murailles grises et le parquet de marbre.

A figuré à l'exposition des Beaux-Arts de Paris, en 1870.

Toile. Haut., 60 cent.; larg., 74 cent.

STROEBEL

(J.)

30 — **Intérieur hollandais.** (XVIIe siècle.)

Une jeune dame est occupée à ranger des fleurs dans une corbeille ; elle se retourne pour saluer un cavalier qui arrive. La servante tient encore la porte qu'elle vient d'ouvrir.

Les rayons du soleil pénètrent dans l'appartement par une croisée entr'ouverte.

A figuré à l'exposition des Beaux-Arts de Paris, en 1873.

Toile. Haut., 60 cent.; larg., 74 cent.

STROEBEL

(J.)

31 — **Intérieur hollandais.** (XVIIe siècle.)

Autour d'une table pourvue de rafraîchissements, un bourgeois et sa fille écoutent le récit que leur fait un jeune soldat qui revient de l'armée.

Au second plan, un domestique verse à boire ; à gauche, une porte, ouverte sur la rue, laisse voir un mur blanc en plein soleil.

Bois. Haut., 19 cent.; larg., 26 cent.

TEN KATE

32 — **Marine.**

Trois artistes, dans une barque, sont occupés à dessiner les rives de la Meuse. Verveer se tient debout, Ten Kate et Verscuur sont assis; le batelier s'apprête à pêcher, le jeune enfant de Ten Kate regarde travailler son père.

Bois. Haut., 13 cent.; larg., 18 cent.

TOM

(H.-C.)

33 — **Taureau**.

Un taureau debout, la tête haute, dans une prairie.

Bois. Larg., 32 cent.; haut., 22 cent.

TROYON

(C.)

34 — Chevaux à l'abreuvoir.

Deux groupes de chevaux s'abreuvent dans l'eau peu profonde de la Seine, près de Saint-Cloud. Au centre, le cheval de droite se cabre et fait rejaillir l'eau sur celui d'à côté qu'un enfant a peine à maintenir. Non loin de là, trois autres chevaux, conduits par un homme en blouse; à gauche, deux autres chevaux noirs se dirigent vers l'abreuvoir. Sur l'avant-plan, un chien guette le retour des chevaux. Dans le lointain, à droite, un pêcheur dans sa barque. L'eau fuit jusqu'aux rives de Suresnes dont on aperçoit la campagne et où se profile le Mont-Valérien.

Le ciel est nuageux, mais d'un ton fin et d'une gamme très-lumineuse.

L'ensemble du tableau est d'une exécution très-large et cependant très-poussée.

A fait partie de la Collection W. H. de Heus, d'Utrecht.

Bois. Haut., 50 cent.; larg., 40 cent.

VERHEYEN

(H. VAN)

35 — **Une vue intérieure d'Amsterdam.**

Plusieurs maisons et monuments de la ville. Sur le devant, un charlatan entouré d'un nombreux auditoire.

Bois. Haut., 29 cent., larg., 25 cent.

VERSCUUR

(W.)

36 — **Chevaux à l'écurie.**

Deux chevaux et un chien dans une écurie. Mais l'exécution précieuse de cette petite toile et la science du dessin méritent d'appeler l'attention des amateurs.

A fait partie de la Collection Van Swaan, d'Amsterdam.

Cuivre. Forme ovale. Diam., 15 cent.

VERSCUUR

(W.)

37 — **Chevaux au paccage.**

Dans une prairie, deux chevaux et une chèvre. Le cheval blanc broute l'herbe tendre; derrière lui, se trouve un cheval bai au repos, la tête levée. A gauche, une chèvre ; à droite, un barrage en planches et un arbre.

Toile. Haut., 34 cent.; larg., 45 cent.

VERSCUUR

(W.)

38 — **Têtes de chevaux**.

Deux chevaux, dont on ne voit que les têtes, sont devant une auge de pierre pleine d'eau. Le cheval de droite vient de boire et tient sa tête levée ; l'autre boit encore.

Bois. Haut., 26 cent.; larg., 36 cent.

VERVEER

(S.-L.)

39 — **Marine.**

Cet artiste distingué est peu connu en France où ses œuvres sont presque ignorées.

Le tableau représente un embarcadère sur la Meuse, près de Rotterdam.

Au premier plan, une barque, chargée de voyageurs, se dirige vers la rive de gauche; à droite, l'embarcadère et à côté, une barque et plusieurs personnes; plus loin, une maison et des enfants.

Le ciel est brumeux; il est traversé au centre par les rayons du soleil qui se reflètent dans la rivière. Dans le lointain, un village forme l'horizon.

A figuré à l'Exposition des Beaux-Arts de Paris, en 1873.

Toile. Haut., 62 cent.; larg., 106 cent.

VOILLEMOT

40 — Enfant.

Une toute jeune fille nue, dont la tête est enguirlandée, emporte dans ses bras une gerbe de fleurs qu'elle vient de cueillir.

Bois. Haut., 25 cent.; larg., 20 cent.

VOILLEMOT

41 — **Tête et buste d'enfant.**

Bois. Haut., 26 cent.; larg., 21 cent.

TABLEAUX ANCIENS

TABLEAUX ANCIENS

DEKKER

42 — **Paysage.**

Au premier plan, de grands arbres dont les branches étalées et touffues forment arceau sur une route qui conduit à un hameau éclairé en plein soleil, et dont l'éclat fait une puissante opposition à l'ombre projetée sur le devant du tableau.

Un voyageur est assis sur le bord du chemin. Dans le lointain, on aperçoit un village.

Bois. Haut., 55 cent.; larg., 47 cent.

DESPORTES

(FRANÇOIS)

43 — **Chasse au sanglier.**

Chasse au cerf.

Ces deux tableaux, peints en grisaille, forment pendants.

Les chiens se jettent avec fureur sur leur proie qu'ils cherchent à retenir.

Ont fait partie de la collection Collot.

Ont appartenu à M. le baron Ad. de R.

Bois. Haut., 22 cent.; larg., 19 cent.

DONGEN

(VAN)

44 — **Paysage avec figure et animaux.**

Au centre, une jeune bergère, assise, joue avec son chien sur le bord de l'eau; derrière elle, une vache qui broute; à droite, deux autres vaches, une chèvre et des moutons couchés sur l'herbe, à côté de deux vieux arbres.

Tableau d'une grande délicatesse d'exécution.

Bois. Haut., 31 cent.; larg., 42 cent.

INCONNU

45 — **Nuit obscure.**

Au premier plan et presque au centre, trois hommes et une jeune fille se chauffent autour d'un brasier empourpré, tout près d'un escalier de pierre qui conduit à un vieux castel dont on voit le profil sur un ciel noir.

Sur le devant, une barque; à droite, la lune pâle se reflète vaguement dans la rivière.

L'effet est saisissant, les figures dans la lumière, d'une touche à la fois délicate et puissante, indiquent un maître. La délicatesse avec laquelle est traitée l'eau, dans laquelle la lune se reflète, fait un singulier contraste avec les énergies de touche du premier plan.

Cette toile est datée 1642, le monogramme est illisible.

A fait partie de la collection Peters, d'Amsterdam.

Sur bois. Haut., 25 cent.; larg., 33 cent.

PLAFOND

INCONNU

46 — **L'Aurore.**

Au premier plan, à droite, l'Aurore s'élance dans l'espace en répandant à pleines mains des fleurs qu'un Amour lui présente. A gauche, Tithon, surpris par les premiers rayons du jour et à demi couché sur des nuages, s'éveille péniblement et soulève d'une main le manteau de la nuit.

Au second plan, on voit Phœbus sur son char rayonnant, que de fougueux chevaux emportent dans leur course rapide. Deux Amours précèdent le char et les deux premières heures du jour le suivent.

A fait partie de la collection de lord Thomoz Barnewall.

Toile. Haut., 125 cent.; larg., 152 cent.

MINIATURES

ET

AQUARELLES

MINIATURES

ISABEY

(PÈRE, 1820.)

47 — **Portrait de John Ross, navigateur anglais.**

A fait partie de la collection de P. Fal.

WOORTEYÜCH

(1787)

48 — **Portrait de l'admiral J. van Kinsbergen.**

AQUARELLES

CLAIRIN

(GEORGES)

[illegible] — **Type Manchego.**

Paysan de la Manche.

DAVID

(LOUIS)

50 — **Kléber aux Pyramides.**

REGNAULT

(HENRI)

51 — **Porte de l'Alcazar (Séville),**

www.ingramcontent.com/pod-product-compliance
Ingram Content Group UK Ltd.
Pitfield, Milton Keynes, MK11 3LW, UK
UKHW021644260726
13994UKWH00003B/1272

9 782329 371535